개를 보내다

개를 보내다

표명희 소설 진소 그림

창비

차 례

병원 앞에 서는 순간 진서는 맥이 빠졌다. 아직 병원 문이 열리지 않은 것이다. 진서는 품에 안은 진주부터 살폈다. 사흘째 물 한 방울 못 삼킨 녀석의 몰골이 거의 좀비 수준이었다. 퀭한 눈에 눈곱이 끼고 맑은 눈동자도 흐릿해졌다. 눈꺼풀도 간신히 깜박거렸다. 휴지 뭉치처럼 가벼운 몸이 바르르 떨릴 때마다 진서의 심장도 같이 떨렸다.

— 엄마, 아직 병원 문 안 열었어. 오전 수업은 물 건너

간 거 같아. 담임 샘한테 연락 좀…….

문자를 찍는 내내 엄마 반응이 눈에 선했다. 원
망이 진서 자신이 아니라 진주에게로 향할 게 뻔했
다. 문자를 보내고 난 진서는 한 걸음 물러나 닫힌
병원 문을 바라보았다. '은행나무 동물 병원'이라
는 현판이 없다면 고궁이나 한정식집으로 착각할
법한 전통 한옥이었다. 넓은 마당엔 은행나무가 우
뚝 솟아 있고, 그 주위를 나직한 돌담이 에워싸고
솟을대문까지 딸려 있었다.

조선 시대 한의원으로 시작해 9대째 이어 온 의
사 가문이라거나, 원래는 산부인과로 유명했으나
원장이 손수 받아 낸 자신의 첫아이를 잃고 산부

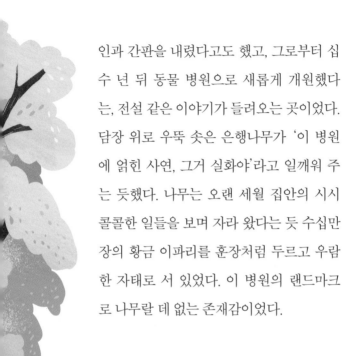

인과 간판을 내렸다고도 했고, 그로부터 십수 년 뒤 동물 병원으로 새롭게 개원했다는, 전설 같은 이야기가 들려오는 곳이었다. 담장 위로 우뚝 솟은 은행나무가 '이 병원에 얽힌 사연, 그거 실화야'라고 일깨워 주는 듯했다. 나무는 오랜 세월 집안의 시시콜콜한 일들을 보며 자라 왔다는 듯 수십만 장의 황금 이파리를 훈장처럼 두르고 우람한 자태로 서 있었다. 이 병원의 랜드마크로 나무랄 데 없는 존재감이었다.

"저거 봐, 멋지지?"

진서는 나무의 찬란함을 보여 주려 품에 안은 진주를 꺼냈다. 찬 공기에 놀란 듯 녀석이 몸을 움츠리며 바르르 떨었다. 진서는 다시 진주를 점퍼 속에 들이고 옷깃을 꼼꼼히 여몄다. 간간이 불어오는 가을바람이 제법 맵찼다.

"아침 댓바람부터 웬 손님……."

낯선 말소리에 진서는 고개를 돌렸다. 검은 운동복 차림의 아저씨와 골든 레트리버 한 마리가 다

가와 있었다. 반사적으로 진서는 진주를 더 감싸며 뒷걸음질 쳤다. 원래 레트리버는 순한 견종이라지만 큰 몸집이 위협적으로 보였던 것이다. 병원 관계자처럼 보이는 남자는 대문 앞으로 성큼 다가서더니 병원 문을 열었다.

솟을대문이 활짝 열리자 병원 마당이 빛의 제국처럼 펼쳐졌다. 은행잎이 황금 카펫처럼 깔린 마당에 아름드리 은행나무가 우뚝 솟아 있었다. 밖에서 보던 것보다 마당은 훨씬 넓고 나무는 더 거대했다. 눈부신 황금 물결 뒤로 날렵한 처마 선을 가진 한옥이 그림처럼 서 있었다. 환상의 그래픽과 서정적인 스토리를 가진 힐링 게임의 한 장면 같았다.

아저씨는 레트리버를 은행나무 밑으로 이끌더니 굵고 튼튼한 가지에 줄을 묶었다. 골든 레트리

버는 나무의 호위 무사라도 되는 듯 그 주위를 어
슬렁거리기 시작했다.

"어때, 오백 살 먹은 나무처럼 보여? 수나무라
열매는 안 열려도 이파리는 이렇게 풍성하고 눈
이 부시지."

집안의 보물 자랑하듯 아저씨가 진서를 보며 말
했다. 그의 뒤로 후광처럼 서 있는 은행나무 때문
인지 진서는 그가 이 유서 깊은 집안의 후손이자
원장일 거라는 생각이 얼핏 들었다. 어느새 남자는
은행나무 그늘을 벗어나 한옥식 병원 건물을 향해
가고 있었다. 마치 건물이 아니라 아득한 시간 속
으로 들어가는 마법사처럼 보였다. 진서는 나무에

묶인 레트리버와 함께 가상 현실 같은 이 황금 마당에 갇힌 기분이었다.

문득 스치는 바람이 진서를 일깨웠다. 바람에 실려 온 쾨쾨한 냄새에 진서는 정신이 번쩍 났다. 손으로 진주의 아랫도리부터 더듬어 보았다. 앙상한 엉덩이뼈와 부석부석한 털만 만져질 뿐 별다른 낌새는 없었다. 사흘 내내 물 한 모금 못 삼켰으니 내놓을 게 있을 리 없었다. 주위를 살펴도 의심이 갈 만한 건 보이지 않았다. 수나무에서 은행알이 열릴 리도 없고 담장 옆에 자리한 개집 주변도 말끔했다. 진서는 불쑥 진주를 처음 봤을 때의 기억이 떠올랐다. '똥은 누가 치우고?' 그것이 진주를 향한 첫마디였다. 관계의 첫 단추가 끼워진 그날은 진서의 열세 번째 생일이었다.

*

"자, 생일 선물!"

아빠가 들고 온 낯선 가방에서 뜻밖의 선물이
나왔다. 작은 개 한 마리였다. 황토색 털에 고슴도
치 사촌쯤 돼 보이는…… 덜 뻣뻣한 털을 가진 고
슴도치라고나 할까. 애견다운 구석이라곤 손톱만
큼도 찾아볼 수 없었다. 알고 보니 유기견 보호소
에서 데려온 개였다.

"당신도 참, 하나뿐인 아들 생일 선물로 어떻게 유기견을……."

엄마는 눈을 흘기며 케이크 상자부터 식탁으로 옮겼다.

"보호소에서 완벽하게 점검 끝낸 상태야."

아빠가 엄마를 안심시키며 말했다. 엉뚱한 일을 잘 벌이는 아빠 성향을 익히 알고 있으면서도 엄마는 유난히 까칠하게 나왔다. 지난 성탄절에는 빌딩 입구에나 어울릴 법한, 어른 키보다 높은 관음죽 화분을 아빠가 크리스마스트리용으로 사 왔다. 고향 집 뒷산 대숲이 생각난 모양이라며 엄마는 트리

장식을 하는 내내 아빠의 복고풍 취향을 탓했다. 아빠의 관심사는 고향이나 옛 추억과 관련한 것에 더해 '생물'형인 게 특징이었다. 엄마는 정반대였다. 유행을 좇는 데다 '공산품 추구'형, 그것도 철저하게 실용적이었다. 엄마가 아빠 취향을 더 못마땅해하는 건 아빠가 벌인 일의 뒷감당이 언젠가는 엄마에게 넘겨진다는 데 있었다. 관음죽 돌보기도 결국 엄마 몫이 되었다. 물 조절을 잘못해 결국엔 말라 죽었지만…….

"진서 너, 예전부터 동생 갖고 싶다고 했잖아."

아빠가 개를 데면데면 쳐다보고 있는 진서에게 말했다. 진서는 놀란 눈으로 아빠를 보았다. 아빠

말이 틀린 건 아니지만 그 동생을 개와 연결 지어 생각한 적은 한 번도 없었던 것이다.

"똥은 누가 치우고?"

진서가 무심결에 뱉은 첫마디였다. 하고 나서는 아차 싶었지만 다행히 엄마가 재빨리 가세했다.

"삼촌네 반려견 얘기 잘 알지, 당신? 양육비 엄청나다는 거. 그 집, 아직 애도 안 낳고 월세 살고 있잖아."

엄마는 삼촌 집을 예로 들며 또 다른 문제를 꺼냈다.

"그건 개를 개답게 안 키워서 그래. 예전 우리 집 쫑처럼 키우면 아무 문제 없어."

아빠는 어릴 적 고향 집 마루 밑에서 키웠다는 쫑 얘기를 꺼냈다.

"쉽게 말해 마당 개나 똥개 취급하겠다는 거네. 동물 병원이나 애견 숍 같은 건 없는 셈 쳐야 한다는 말 아냐, 요즘 같은 세상에?"

엄마의 지적이 오히려 현실적이었다.

"그건 개를 위한 게 아니라 개 주인의 자기만족이지. 학교 수업만으로는 불안해서 애들 과외

시키는 학부모처럼 말이야."

애견 문제가 사교육 시장으로까지 넘어갈 조짐이었다.

"여하튼 거실에 들여놓는 건 안 돼. 나 기관지 약한 거 당신도 잘 알지?"

엄마는 냉정하게 선을 그었다. 체질 문제 외에도 엄마는 맞벌이에 살림까지 하느라 뭔가를 돌볼 여력이 없었다. 아빠가 벌인 일이 나중에는 엄마 몫이 된다는 것도 숱하게 경험했던 것이다.

겁먹은 눈으로 웅크리고 있던 아빠의 '제2의 쫑'은 베란다 맨 구석에 자리 잡았다. 거실 유리문이

삼팔선처럼 사람과 개의 영역을 나누었다. 엄마는 그때부터 베란다 근처에 얼씬도 하지 않았다. 진서도 학교 갔다 오면 자기 방에 틀어박혀 게임하느라 다른 건 안중에도 없었다. 엄마 아빠의 취향이 서로 다르듯 진서의 관심사도 엄마 아빠와는 차원부터 달랐다. 사이버 공간이 활동 무대였던 것이다. 자연히 강아지 뒤치다꺼리는 아빠 몫이 되었다.

"아들, 진주 똥 네가 치웠어?"

하루는 아빠가 은근히 기대 어린 목소리로 물었다. 진서는 '내가 왜 개똥을 치워?'라는 듯 눈을 동그랗게 뜨고 고개만 가로저었다. '진주'라는 이름으로 은근슬쩍 한식구임을 강조하려는 아빠의 속

내도 못마땅했다. 아빠가 엄마에게 눈길을 돌리자 엄마도 관심 없다는 듯 손사래 쳤다. 지난 한 주간 똥 치운 사람이 아무도 없자 아빠는 고개를 갸웃했다. 그날 한나절 내내 아빠는 베란다만 살폈다.

"허 참, 진주 녀석, 그동안 제 똥을 스스로 먹어 치운 모양이네."

아빠가 마침내 진실을 밝혀냈다.

"세상에!"

엄마는 얼굴을 찡그리며 고개를 돌렸다.

"체질이 완전히 친환경 시스템인걸."

쫑의 기억에 사로잡힌 아빠는 그 일도 대수롭지 않게 여겼다. 아빠의 고향 집 쫑은 엄마 지적대로 마당 개이자 똥개였던 게 분명해 보였다. 아빠에 따르면 개는 주인의 거처에서 멀찍이 떨어진 마루 밑이나 대문 앞이 제자리이고, 주인이 먹고 남긴 음식이 먹이이며, 자나 깨나 집과 주인을 지키는 충견이어야 한다는 것이었다. 로봇의 3원칙처럼 인간을 섬기는 그런 동물적 감각이 몸에 밴 개라야 사고를 안 친다는 나름의 과학적 근거도 갖고 있었다. 공동 주택이라는 조건상 어쩔 수 없이 마당 대신 베란다로, 잔반 대신 사료를 먹인다는 정도만 받아들였다. 그런 아빠 의견에 아무도 토를 달지 않았다. 반박할 말이 없어서라기보다는 엄마도 진서도 끼어드는 순간 의무가 따른다는 걸 잘 알고 있어서였다.

*

"흠, 심장사상충 예방 접종도 안 했던 모양이네. 거기다 관절염에 유선 종양까지……."

반나절에 걸친 검사가 끝나고 난 다음에야 원장은 첫 운을 뗐다. 심각한 그의 목소리가 강아지를 어떻게 이 지경이 되도록 내버려 뒀냐고 나무라는

것 같아 진서는 뜨끔했다.

"늦었어. 온갖 합병증에다 나이도 있고, 사람으로 치자면⋯⋯."

원장은 적당한 비유를 찾느라 뜸을 들이는 것 같았다. 진서는 긴장한 눈빛으로 다음 말을 기다렸다.

"말기 암 환자라고나 할까. 그것도 고령의⋯⋯."

뒷말을 얼버무리고 원장은 다시 처치에 들어갔다. '말기 암'이라는 말에 진서는 머릿속이 하얗게 바랬다. 원장은 뭔가 빠뜨렸다는 듯 진서를 향해 자신이 지금 하려는 건 치료라기보다는 '응급 처치'라고 한마디 더 덧붙였다.

"그러니까 곧 죽을, 아니 살날이 얼마 남지 않았다는 말인가요?"

응급 처치를 끝내고 책상에 앉은 원장에게 진서가 재차 확인하듯 물었다.

"아 그야, 세상도 학교처럼 한번 왔으면 결국은 졸업하게 마련이니까, 사람이든 강아지든……. 조금 빠르고 늦고 그 차이 아니겠어."

무심함을 가장한 원장의 위로도 진서에겐 위안이 되지 않았다. 창가 자리에 앉은 원장 뒤로 마당

이 훤히 펼쳐졌다. 하늘 높이 올라선 해가 쏟아 내
는 빛에 은행나무는 더 눈부셨다. 하지만 그 찬란
함마저 진서는 난폭하게 느껴졌다.

"이런 때의 은행나무는 꼭 모래시계 같단 말이
야, 사금으로 만든……."

노란 잎이 하나씩 떨어지고 있는 바깥 풍경을
바라보며 원장이 중얼거렸다. 그는 의사에서 심리
치료사로 자리를 옮겨 앉은 것 같았다. 진서가 진
주를 다시 보듬어 안고 진료실을 나설 때도 원장은
계속 마당의 나무 타령이었다.

병원을 나서는 발걸음이 올 때보다 더 무거웠
다. 떨어지는 은행잎도 마당을 어슬렁거리는 레트

리버도 그렇게 무심해 보일 수 없었다. 사막을 건
너기라도 하는 듯 발밑의 은행잎이 모래 알갱이처
럼 바스러졌다. 품 안의 진주 녀석마저 휴지 뭉치
에서 구름으로, 구름에서 연기로 변해 빠져나가는
것 같아 손에 자꾸 힘이 들어갔다. 진서는 병원을
등지고 무작정 걸었다. 집도 학교도 잊은 채 걷기

만 했다. 어느새 한강이 보였다. 강변 진입로를 찾느라 다리 근처를 살피던 진서는 갑자기 배 아래쪽이 뜨뜻하게 젖어 오는 걸 느꼈다. 정신이 번쩍 났다. 뜨뜻미지근한 기운은 진서의 배를 지나 사타구니 쪽으로 흘러내렸다. 진주 녀석이 오줌을 싼 것이다. 의술의 힘은 역시 놀라웠다. 진서는 다시 희망으로 부풀어 올라 서둘러 집으로 향했다.

*

"뭐, 너 제정신이니? 학교를 빼먹겠다니, 그것도 하루 이틀도 아니고……?"

엄마의 반응은 예상대로였다.

"결석이 아니고, 현장 체험 학습으로 대체하면 된다니까."

진서가 엄마의 말을 바로잡으며 말했다.

"수업 빠지는 건 마찬가지 아냐. 그리고 네가 초딩이니? 낼모레면 고등학생이야."

"그럼, 아파 다 죽어가는 애를 집에 혼자 둔단 말이야?"

진서도 며칠 고민 끝에 내린 결론이었다. 학교도 시험도 다음 기회가 있겠지만 진주는…….

"학생이 강아지 돌본다고 학교 빼먹는 것보다는 그게 덜 정신 나간 짓이다."

엄마는 완강했다.

"그래, 학교는 안 되지. 차라리 내가 회사에 사표를 내는 게 낫지."

아빠가 엄마의 흥분을 가라앉히려는 듯 농담 섞인 말을 했다.

"참 나, 가장 역을 나한테 다 떠넘기려고 하네."

엄마가 이제는 아빠를 향해 눈을 흘겼다.

"예방 주사라도 한 대 맞혔으면 이 정도는 아닐 거랬어, 의사 선생님이."

진서의 원망 어린 대꾸에 엄마는 '아니, 네가 언제부터'라는 눈빛으로 쏘아보았다. 아빠는 마음이 켕기는지 약간 긴장하는 표정이었다.

"처음부터 약속했던 거잖아 다들, 개답게 키우기로."

아빠가 억울함을 항변하듯 말했다. 진서와 엄마가 처음 개에 대해 보였던 무반응을 여전히 '동의'로 굳게 믿고 있다는 태도였다.

"어쨌든 학교는 물론이고 병원도 더는 안 돼!"

엄마가 쐐기 박듯 말했다. 그날 아침 진서에게 카드를 건네줄 때도 엄마는 동물 병원은 처음이자 마지막이라고 몇 번이나 다짐했던 것이다. 진서는 엄마의 약한 호흡기도 어쩌면 돈 문제와 관련이 있는 게 아닐까 하는 의구심마저 들었다.

"개도 아무 집에서나 키우는 게 아냐. 심신이 다 여유가 있어야지. 재력은 물론이고."

넋두리 늘어놓듯 말하고 난 엄마는 피곤하다며
소파에 쓰러지듯 드러누웠다.

엄마가 일을 시작한 건 진서가 4학년이 되면서
부터였다. 아들 학원비 마련. 그것이 엄마가 일을
하는 이유였다. 그때부터 진서는 학교 갔다 오면
학원을 전전해야 했다. 피아노 학원은 5개월 만에
접었다. 피아노 앞에 앉으면 숨부터 막혀 왔다. 건
반을 누르는 게 아니라 숨구멍을 누르는 것 같았
다. 영어 학원에서는 원어민 선생은 물론 아이들
앞에서도 말문이 막히는 바람에 나중에는 우리말
까지 떠듬거릴 지경이었다. 그나마 태권도장이 적
성에 맞았지만 그것도 일 년을 못 채웠다. 다른 친
구들이 두어 달 간격으로 흰 띠에서 노란 띠, 파란

띠로 바꿔 가는 동안 진서는 노란 띠를 벗어나지 못했다. 같이 등록했던 경민은 그새 몇 단계나 뛰어올라 빨간 띠였다. 띠 색깔이 계급이나 다름없는 태권도장에서 녀석은 언젠가부터 진서를 깔보기 시작했다.

"야, 누런 띠 땀띠 박진서, 이거 잡아 봐!"

하루는 경민이 진서 앞에서 빨간 띠를 휘휘 돌리며 놀려 댔다. 투우사가 황소를 열받게 할 때 하는 동작이었다. 빨간 띠가 진서의 뺨을 때리자 진서는 채찍 맞은 소가 된 기분이었다. 진서는 단번에 달려들어 경민을 쓰러뜨렸다. 성난 황소 앞에서는 녀석의 빨간 띠도 소용없었다. 경민이 급기야

도와 달라고 소리쳤고 그걸 본 녀석의 똘마니 둘이 비겁하게 달려들어 진서를 공격했다. 엎치락뒤치락 긴 몸싸움 끝에 경민은 오른팔 골절상을 입었고, 진서는 십자 인대가 끊어졌다.

　퇴원과 함께 진서는 태권도장은 물론 친구들과의 관계도 다 끊었다. 그 뒤로는 학교 끝나면 곧장 집으로 와 방에 틀어박힌 채 게임만 했다. 사이버 세상이야말로 정의와 평화의 세계였고, 게임 왕국에서는 진서가 최고의 영웅이었다. 겹겹의 성벽으로 둘러싸인 왕국에서 진서는 자존감을 지키며 지낼 수 있었다.

　"둘이 빼닮았어. 진주는 애견계의 히키코모리네……."

삼촌은 게임에 빠져 있는 진서와 외딴섬처럼 베란다에 격리돼 있는 진주를 그렇게 연결시켰다. 삼촌과 숙모는 집에 오면 진주와 노느라 베란다를 벗어날 줄 몰랐다.

"형수님, 진주, 우리가 데려다 키우면 안 돼요?"

삼촌이 하루는 엄마에게 넌지시 물었다.

"애완, 아니 반려견이 둘이나 있잖아요?"

엄마가 의아해하며 물었다.

"가족이야 많을수록 좋은 거 아닌가요."

"저야 대환영이죠, 형님만 찬성하면."

엄마가 아빠 눈치를 살피며 말했지만 아빠는 가타부타 말이 없었다.

"안 돼, 진주 내 거야!"

진서가 불쑥 나섰다. 진주 이름을 입에 올린 건 처음이었다. 머쓱하긴 했으나 이미 엎질러진 물이었다.

"아빠가 내 생일 선물로 준 거라고."

진서는 한 번 더 자신이 주인임을 분명히 했다.

아무도 더는 얘기를 꺼내지 않았다. 다들 강아지에 대한 진서의 태도가 바뀌었다고 여기는 것 같았다. 하지만 그건 개를 뺏기기 싫어서 한 말에 지나지 않았다. 그 뒤로도 진서의 태도는 그다지 변화가 없었다.

계절이 또 한 번 바뀌고 겨울이 깊어 갈 무렵이었다.

"곧 한파가 닥칠 텐데. 진주, 괜찮을까."

텔레비전 앞에서 일기 예보를 보던 아빠가 걱정스럽게 말했다.

"가뜩이나 건조한데 집 안에 털까지 날리면 어

떡하라고."

엄마가 예민한 호흡기를 문제 삼으며 까칠하게 나오자 아빠는 다시 텔레비전에 빠져들었다.

"목욕시켜서 저기 다용도실 앞에 두면 되겠네."

진서가 불쑥 나서며 거실 한쪽 구석의 다용도실을 가리켰다.

"아, 그거 좋은 생각이다!"

아빠가 기다렸다는 듯 맞장구쳤다. 진서와 아빠의 의견 일치가 엄마에게도 압력을 넣었다. 호락호

락 넘어가지는 않겠다는 듯 엄마는 까다로운 조건을 내걸었다. 개집과 다용도실 근처로 진주의 활동 영역을 제한할 것, 털이나 배설물이 눈에 띨 경우 즉각 베란다로 퇴출시킬 것 등……. 아빠가 감당해야 할 일이 더 많아진 셈이었다.

거실을 오갈 때면 진서의 눈길은 한 번씩 다용도실 앞으로 향했다. 가까이서 본 진주 녀석은 그새 유기견 티를 말끔히 벗은 채였다. 부석부석하던 털은 단정하게 정돈되어 반지르르했고 눈은 까만

유리구슬처럼 반짝였다. 그럼에도 아빠 외의 사람을 경계하는 눈빛은 여전했다. 진서가 다가가면 부리나케 제집으로 숨어들었다. 자기 집에 들어앉고 나서야 녀석은 진서를 빤히 쳐다보며 한 번씩 고개를 갸웃했다. '당신이 나를 이 따스한 실내에 들어앉게 한 은인인가요?' 묻기라도 하듯.

"야, 먹지 마!"

하루는 진서가 화장실에서 나오다 소리쳤다. 진주 녀석이 자기가 싸 놓은 똥에 막 입을 대려던 차였다. 진서는 재빨리 뛰어가 발로 그걸 밀쳤다. 비엔나소시지 크기만 한 덩어리 하나는 굴러가 멀어졌고 다른 하나는 반쯤 으깨져 진서의 발에 들러붙었다. 진서는 깨금발로 급히 화장실로 달려가 샤워기로 발을 씻어 냈다. 휴일이면 종종 아빠가 데리고 나가 배변 훈련을 시키는 것 같았지만 완벽하게 고쳐지지 않은 모양이었다.

발을 씻고 화장실에서 나오자 진주 녀석이 목줄 때문에 코앞의 먹이를 못 먹어 안달하는 게 눈에 보였다. 그 모습이 우스꽝스럽기도 하고 안쓰럽기도 했다. 진서는 티슈로 녀석 앞에 놓인 똥을 집어 변기에 버렸다. 발에 한번 묻히고 나니 개똥을 휴지로 싸서 버리는 건 일도 아니었다. 먹이를 뺏긴 진주는 항의라도 하듯 진서를 빤히 올려다보았다. '당신이 내 밥을 뺏은 몰인정한 주인인가요?'라는 듯……

진서는 주방으로 가 엄마가 차려 놓은 식탁에서

자신이 제일 좋아하는 생선 접시를 빼냈다. 생선 살을 꼼꼼히 발라내서 접시에 담아 진주 앞에 내놓 았다. 녀석은 까만 눈동자를 또록또록 굴리며 진서 와 먹이를 번갈아 쳐다보았다. 처음이라 어리둥절 한 모양이었다. 접시 쪽으로 다가가서도 녀석은 냄 새만 맡을 뿐 선뜻 입을 대지 않았다. 몇 번이나 킁 킁대다 결국 생선 살 유혹에 넘어갔다. 꼬리까지 흔들어대며 진주는 새로운 먹이를 먹기 시작했다. 그 모습을 바라보던 진서는 마음이 뿌듯했다.

"개가 자기 똥 먹는 거, 그거 스트레스 때문이래."

"맞아. 똥 싸면 싫어하는 주인 눈치를 봐서 그런다더라고."

며칠 전 학교에서 친구들 얘기를 들었을 때 진서는 뜨끔했다. 진주를 만난 첫날 자신이 뱉었던 말이 부메랑처럼 가슴에 와 박혔던 것이다. 친구네 반려견 얘기를 듣고 있으면 아빠의 양육 방식은 동물 학대에 가까웠다. 진서는 반 친구들 앞에서는 도저히 진주 얘기를 꺼내 놓을 수 없었다.

'강아지가 자기 똥을 먹는 버릇이 있어요.'

진서는 반려견 동호회 사이트에 고민을 올려놓았다. 그러자 한 시간도 되기 전에 답글이 올라오기 시작했다.

'식분증엔 단연 파인애플이죠. 관절에도 좋고요.'

진서는 '식분증'이라는 단어도 처음 알았다.

'와사비나 마늘, 아니면 고추 중에서도 독하게 매운 청양고추를 발라 놓으면 효과 만점이에요!'
'강아지 학교 보내는 게 제일 빨라요. 전문가가 괜히 있는 게 아니라니까요.'

저마다의 해결 방법이 다투듯 올라왔다. 진서는

이들의 경험이라면 식분증 문제를 충분히 해결할 수 있을 것 같았다.

그날 이후로 진서는 학교가 끝나면 곧장 집으로 와서 강아지 배변 훈련에 돌입했다. 진주를 면밀히 살피고 있다가 똥을 누고 나면 재빨리 떼어 놓고는 매운 고추즙을 묻혀 놓았다. 매운맛에 몇 번 혼이 난 진주는 그다음부터는 선뜻 똥에 입을 대지 않았다. 코로 킁킁대다가 조금이라도 의심스러우면 그 주위를 맴돌기만 했다. 진서는 진주가 제 나름대로 자기 앞가림을 할 줄 아는 것이 기특했다. 그러다 엉뚱한 문제가 생겼다. 진주가 변비에 걸린 것이다. 사나흘 내내 진주는 쭈그린 채 똥을 누려고 끙

끙대기만 했다. 나중에는 먹는 것도 꺼렸다.

진서는 다시 게시판에 도움을 청했다. 이전과 마찬가지로 댓글이 꼬리를 물었다. 저마다의 경험이 담긴 변비 관련 식이 요법과 훈련 방법들이었다. 진서는 다음날 하굣길에 마트에 들러 직접 장을 보고 사람들이 알려 준 방법을 따르기로 했다. 단호박과 양배추를 믹서에 갈아 즙을 내서 먹이고 시간마다 배를 주물러 주었다. 그렇게 며칠 꼬박 정성을 들였더니 진주는 다시 똥을 누기 시작했다. 처음엔 염소 똥 같은 게 나오더니 점점 길고 부드러운 걸 내놓았다. 그렇게 변비를 해결하고 나서야 다시 식분증 훈련에 들어갈 수 있었다.

진주는 삼 개월 만에 고질병에서 완전히 벗어나 '똥개'라는 오명을 피할 수 있었다. 자기 이름에 어울리게 변신한 진주는 활동 영역이 더 넓어졌다. 거실 한쪽 구석에서 중앙으로 옮겨 온 지 일주일 만에 진서는 자기 방에 진주를 들이기로 했다.

"이전엔 눈길도 안 주더니 이젠 또 웬 집착이래?"

엄마가 아들이 강아지와 한 침대를 쓰는 걸 허락할 리 없었다. 진서는 적어도 일주일에 한 번은 진주를 목욕시키고 똥은 산책길에 해결한다는 조건으로 간신히 엄마의 허락을 얻었다.

진서는 학교 끝나고 집에 가는 일이 즐거워졌다. 빈집이 아니라 진주가 기다리는 집으로의 귀가였기 때문이다. 진주 뒤치다꺼리는 자연스레 진서

의 몫이 되었다. 녀석을 돌보고 같이 노는 일에 빠져 전에는 그렇게 열을 올렸던 게임도 시들해졌다.

"진주가 일등 공신이다."

진서의 열네 번째 생일날, 아빠는 아들이 게임에서 빠져나온 걸 다행스러워하며 진주를 추켜세웠다.

"진주도 진서와 같은 날을 생일로 하는 게 어때? 둘이 나이도 거의 비슷한데."

아빠의 말에 엄마는 어림없다는 듯 눈을 흘겼다.

"강아지 열세 살이면 사람 나이로 환갑이거든
요. 이미 황혼기에 접어든 나이라고."

엄마가 일깨운 사실에 진서는 사람처럼 개도 수
명이 있다는 걸 처음으로 깨달았다. 환갑 또는 황
혼기라는 단어를 진주와 연결시키기는 어려웠지
만 따지고 보면 엄연한 현실이었다. 열네 개의 촛
불로 밝힌 케이크가 이전처럼 환해 보이지만은 않
았다.
　그날 엄마가 지적한 사실은 얼마 뒤 진짜 현실
로 다가왔다. 나이라는 숫자가 마술을 부리기라도
한 듯 진주는 부쩍 기운을 잃었다.

*

"이런 경우는 요리사야, 영양사야?"

진서는 냄비에 담긴 죽을 주걱으로 휘휘 저으며
진주에게 물었다.

주방 한쪽 극세사 방석 위에 웅크리고 앉은 진
주는 진서가 말을 걸 때마다 응답하듯 눈을 치켜뜨
고 코를 벌름대며 울음소리까지 냈다. 고양이처럼
가느다란 소리였지만 주걱을 젓는 진서의 손에 힘
이 실렸다.

"음, 마술사란 말이지. 생명의 영약을 만드
는…… 크, 역시 진주답다."

병원에 갔다 온 뒤로 영양식 만드는 게 진서의 가장 중요한 일과가 되었다. 재료 고르기부터 조리까지 여간 복잡한 일이 아니었다. 모든 재료를 갈아 묽은 죽처럼 끓인 다음 맨 마지막에 원장이 준 묘약을 넣으면 신비의 영양식이 완성되었다. 원장이 선물로 준 그 묘약은 원장도 곁에 두고 한 숟가락씩 떠먹곤 하던 가루였다. '맛 한번 볼래?' 원장은 미숫가루 같은 황갈색 가루가 든 유리병을 진서에게 내밀었다. 진서가 손가락으로 살짝 찍어 맛을 보았더니 콩가루처럼 비릿하면서도 고소한 맛이 났다. 진서가 이게 뭐냐고 묻자 원장은 '굼벵이 가루'라고 했다. 순간 속이 메슥거렸지만 진서는 그만큼 약효도 크리라 믿었다.

영양식을 조금씩 먹으며 진주는 점차 기운을 차

려 갔다. 고양이처럼 가르랑거리던 소리도 제법 강아지 소리로 자리 잡았다. 그 작은 변화에도 진서의 마음은 희망으로 부풀어 올랐다. 원장의 조언과 반려견 사이트 회원들의 경험을 바탕으로 진서는 직접 짠 재활 프로그램을 꾸준히 해 나갔다. 크게 식이 요법과 마사지, 운동으로 이루어진 프로그램이었다.

정성 들여 만든 영양식을 챙겨 먹이고 나면 마사지를 했다. 다리에 관절염을 앓고 가슴에는 종양이 있는 만큼 세심한 주의가 필요한 일이었다. 원장은 진서에게 마사지 요령도 가르쳐 주었다. 크고 살집 많은 손이긴 해도 원장의 손놀림은 남다른 데가 있었다. 그의 손에 맡겨지면 신기하게도 진주의 눈빛이 평온해지고 표정이 밝아졌다. 진서도 직접 마사지를 해 주며 녀석의 몸 상태를 세세하게 알수 있었다. 조금씩 커져 가는 가슴의 종양과 갈수록 도드라지는 뼈마디까지 손으로 전해 와 마사지내내 진서는 가슴이 아릿해 왔다.

마사지가 끝나면 산책에 나섰다. 진주가 자기발로 걷지 못하니 산책이라기보다는 바람 쐬기라고 하는 게 맞았다. 진주는 식이 요법이나 마사지보다 산책을 더 좋아했다. 밖으로 나서기만 하면눈을 더 크게 뜨고 생기가 돌았다.

"저 열성이 공부에 꽂혔으면 좀 좋아."

엄마는 진주 돌보기에 빠진 진서를 보면서 한번씩 우려와 아쉬움을 표했다.

"책 파는 공부만 공분가 뭐."

아빠도 한마디씩 보탰다. 약간의 온도 차를 보이긴 해도 엄마 아빠 모두 신기해하며 진서를 지켜보고 있는 건 같았다.

가끔 진서는 아빠가 처음부터 이런 모든 상황을 염두에 둔 게 아닐까 하는 생각도 들었다. 향수 대신 꽃, 공기 청정기 대신 공기 정화 식물, 그런 식으로 엄마가 요청한 물품을 생물로 바꾸는 아빠의 방식은 불만을 자아내긴 해도 비난할 수는 없었다. 엉뚱하지만 아빠가 밑그림을 크게 그리는 사람이라는 걸 다들 잘 알고 있었다. 진주 문제도 다르지 않았을 것 같다.

진주가 제대로 된 똥을 눈 건 병원에 다녀온 지

3주 만이었다. 비엔나소시지처럼 단단하고 찰진 그것이 진서에게는 똥이 아니라 열매로 보였다. 진서는 감격과 흥분에 사로잡혀 은행나무 병원부터 찾았다. 진주를 안고 나선 산책길 마지막 코스도 언제나 널따란 병원 마당이었다. 그곳을 들러야 산책이 마무리되는 느낌이었다.

원장은 마침 마당에서 삽질 중이었다. 그의 레트리버는 여느 날처럼 나무와 주인 사이를 어슬렁거리고 있었다.

"진주가 황금알을 낳았어요, 원장님!"

진서가 마당으로 들어서며 흥분한 목소리로 말했다. 원장은 황금알의 뜻을 단번에 알아챘다. 삽

질을 멈춘 원장은 반가운 표정으로 진주를 건네받아 안고는 찬찬히 살펴보았다. 진찰이라도 하듯 진주의 몸 구석구석을 이리저리 만지고 살폈다. 진주는 원장의 손길을 동물적인 감각으로 알았다. 눈빛과 표정이 한결 편안해졌다.

"진주는 복도 많지. 이런 명의를 보호자로 뒀으니."

원장은 최고의 찬사와 함께 진주를 다시 진서에게 넘겼다.

진서는 진주를 안고 서서 원장의 작업을 바라보았다. 그가 파는 구덩이 한쪽 옆에는 진주 것의 열 배쯤 돼 보이는 레트리버의 똥 무더기가 있었다.

황금색의 굵고 단단한 레트리버의 똥이 진서는 그렇게 부러울 수 없었다.

"먹고 싸고 먹고 싸고, 그게 생존 원리 아니냐, 개든 사람이든."

원장이 똥 무더기를 구덩이에 던져 넣으며 말했다. 동물 병원 원장답게 그는 언제나 사람과 개를 나란히 놓았다. 원장은 구덩이에 은행잎과 뒤섞인 흙을 여러 차례 덮은 다음 발로 꾹꾹 밟았다. 일을 마무리한 원장은 이마의 땀을 훔치며 나무를 올려다보았다. 병원에 처음 들어섰을 때 그토록 풍성했던 은행나무 이파리도 그새 많이 떨어져 점점 가지를 드러내고 있었다.

온 가족이 잠으로 일주일을 보상받는 휴일 아침, 가장 늦게 일어나는 진서는 그날도 침대에서 몸을 일으켜 진주부터 살폈다. 아이보리 극세사 방석 위에 웅크린 채 잠든 진주는 웬일인지 피 섞인 묽은 변을 쏟은 채였다. 그 일이 창피해서인지 녀석은 고개를 들지 못했다. 아무리 흔들어 깨워도 마찬가지였다.

진서는 꿈을 꾸고 있는 것 같아 침대로 돌아와 누웠다. 다시 잠들어 꿈에서 깨어나야겠다고 생각했다. 잠들었다 깨어나고 또 잠들었다 깨어났지만 진주는 계속 잠에 빠져 있었다. 녀석이 몇 번 더 낳았던 황금알은 남은 기운을 다 모아 만들어 낸 진서를 위한 선물인 셈이었다. 진주와 보냈던 그 마지막 날들은 천국과 지옥을 쉴 새 없이 오간 시간이었다. 나중에는 천국도 지옥도 거기가 거기 같았다.

　엄마 아빠가 뒷일을 처리하는 내내 진서는 침대에서 꼼짝할 수 없었다. 진주 녀석처럼 웅크리고 누워 벽만 바라보았다. 벽에 붙여 놓은 시에 눈을 고정해 둔 채였다. 반려견 사이트에 누가 올려놓은 걸 손으로 옮겨 적은 시였다. 주문을 외우듯 진서는 그 시를 한 줄 한 줄 눈으로 읽어 내려갔다.

　개를 찾는 사람●

　누구에게나 개는 있습니다
　어떤 개는 별안간 사라집니다 알 수 없는 곳으로

● 박소란 『한 사람의 닫힌 문』(창비 2019) 중에서

개란 원래 그런 것입니다

개의 세계를 온전히 이해하기란 불가능한 것입니다

(…)

개는 돌아올 것입니다 개를 찾는 사람에게로

어느 날 문득 예의 희고 기다란 꼬리를 흔들며, 안녕

(…)

'안녕'이라는 단어에서 진서는 울컥했다. 눈이 흐려져 시의 마지막 연은 보이지 않았다.

"옛 어른들이 괜히 마루 밑이나 마당에서 개를 키웠겠어. 거리가 적당히 있어야 덜 힘들다고 내가 누누이 말했잖아."

아빠의 고향 집 종이 또 한 번 등장했다.

"내가 목만 예민하지 않았어도 더 잘 대해 줬을 텐데……."

엄마는 처음으로 진주를 위해 새 아이보리 방석을 깔아 주었다.

"진주가 좋아할 만한 새 보금자리를 찾아보자. 멋진 곳으로."

아빠의 마지막 제안에 진서는 젖은 눈을 간신히 깜박여 보였다.

*

"얘들아, 미안한데 나 오늘 같이 못 가겠어. 우리 집 강아지 예방 주사 맞히러 가야 돼."

A가 영화 보러 가기로 한 약속을 취소했다.
고등학생이 되고 처음으로 치른 중간고사가 끝나는 날이었다.

"그럼 난 오늘 학원 안 빠져도 되겠네. 영화야 나중에 다운받아 보지 뭐."

B도 잘됐다는 듯 발을 뺐다.

"난 게임이나 하러 갈래."

　C마저 피시방을 택하면서 진서 혼자 남게 되었다. 공중 분해된 약속에 뿔뿔이 흩어져 제 갈 길을 가는 친구들을 바라보며 진서는 잠시 교문 앞에 서 있었다. 왠지 추억 속 한 장면을 보고 있는 것 같았다. 기시감 같기도 했다. 그동안 시험에 너무 시달렸나? 진서는 방향을 정하지 못하고 약간 멍한 상태로 있었다. 그러다 언뜻 한 줄의 시구가 스쳤다. 시구와 함께 지난 기억이 떠올랐다. 은행나무 동물 병원……

　한동안 잊고 있었던, 아니 생각하지 않으려고 애썼던 일이었다. 고등학생이 되면서 동선이 바뀐 이유도 있었다. 진서가 입학한 고등학교는 중학교

와 정반대 방향이어서 병원을 지날 일은 없었다.
그 앞을 지날 일이 있어도 애써 피해 다녔다. 지난
겨울의 끔찍한 기억을 떠올리고 싶지 않아서였다.
걸음을 옮겨 놓으며 진서는 시의 마지막 구절을 읊
조렸다.

'보이지 않는 개가 한 사람을 유유히 끌고 갑
니다.'

어느새 진서는 병원 문 앞에서 걸음을 멈추었
다. 마당에는 언제나처럼 탐스러운 털을 가진 골

든 레트리버가 어슬렁거리고 있었다. 강아지를 안고 들어가는 병원 이용객도 보였다. 병원 건물도 마당의 은행나무도 변함없이 제자리를 지키고 있었다. 익숙한 풍경이지만 색조는 확연히 달랐다. 찬란했던 은행나무는 앙상한 가지의 시기를 지나 또다시 변신 중이었다. 봄 내내 물이 오른 나무는 유월의 햇살을 받으며 싱그러운 연초록 잎을 틔워 내고 있었다. 올해는 은행나무 이파리가 더 푸르고

무성할 것 같았다.

'수목장? 그거 좋지.' 원장은 진서의 부탁을 기꺼이 들어주었다. 엄마 아빠도 진서의 의견에 선선히 고개를 끄덕였다. 진주가 깃들 보금자리로 은행나무 아래보다 나은 곳은 없어 보였다. 수백 년 묵은 저 나무 밑에는 어쩌면 진서가 생각하는 것보다 더 많은 것들이 거름을 이루고 있을지도 몰랐다. 어린 이파리들이 서로 햇빛을 받으려고 아우성이었다. 아웅다웅 아웅다웅 경쾌한 다툼 소리를 들으며 진서는 은행나무 동물 병원 앞을 지나갔다.

표명희

소중한 뭔가를 떠나보낸 일이 있는가?
그 빈자리를 가만히 바라보고 있으면
어느 순간 새로운 뭔가가 움트기 시작한다.
이 이야기는 '보내고' 난 뒤,
우리 가슴에 '다가오는 것'에 대한 이야기다.

소설의
첫 만남 **17**

개를 보내다

초판 1쇄 발행 | 2020년 7월 24일
초판 8쇄 발행 | 2024년 6월 27일

지은이 | 표명희
그린이 | 진소
펴낸이 | 염종선
책임편집 | 김도연
펴낸곳 | (주)창비
등록 | 1986년 8월 5일 제85호
주소 | 10881 경기도 파주시 회동길 184
전화 | 031-955-3333
팩시밀리 | 영업 031-955-3399 편집 031-955-3400
홈페이지 | www.changbi.com
전자우편 | ya@changbi.com